息の重さあるいはコトバ五態

服部誕

書肆山田

目次——息の重さあるいはコトバ五態

装画＝石阪春生——
『ATELIER IN KOBE　H.ISHISAKA　石阪春生作品集』
（神戸新聞出版センター・一九七六）より

息の重さあるいはコトバ五態

窓の思想

窓から
窓枠を
とり去れば
何が
のこるか
と
窓を
見ながら
考えた
いや
窓枠で
かこまれた

風景を
もしくは
四角く
截りとられた
世界を
見ながらだ
窓は
窓だけ
では
存在しえない
と
措定する
ことは
すでに
窓枠の
思想だ
窓は
ただ

窓
として
存在する
たとえば
言葉のない
思惟

*

破れ目のある地球儀

熱気球よりずっとおおきな
見上げるばかりの巨大な地球儀
よく見れば　そのあちこちに
破れ目がある

新しく国が出来たり滅んだり
国境線が変わったり
埋め立てられて
海岸線の形そのものが変化したり
海底火山が噴火して
突如　島が生まれたりしているのに
この地球儀は元のまま

もうずいぶん古くなってしまった

何度も何度も手荒にぐるぐる回されて
そのたび乾いた骨のような音をたてる
軸も少々歪んでいて
回されるたびにグラグラと首を振る
北の方に三カ所　南に四カ所
継ぎが当たっている
前はどんな地名が書かれてあったのか
今ではもう判らない

地球儀の内部がどうなっているかは
誰ひとり知らない
でもいつか（きっと近いうちに）
またどこかがあたらしく破れて
中身が漏れ出すにちがいない
そのときには大爆発でも
起こすのだろう

場所から場所へ

世界はいつも地図の上にある
縮尺や地形記号が町角にあふれ
経緯線と等高線に囲まれた日々を
人々は暮らしている

地点から地点へ
位置から位置へ
方位から方位へと
少年は歩いてゆく

地表は固有名詞で埋めつくされている
山はただ山ではなく　川はただ川ではない

あらゆるものがすでに命名され
普通名詞は注意深く
斥けられている

少年は歩きつづける
歩きつかれ物陰に腰を下ろしても
そこはとうの昔に測量しつくされた世界
青と緑と茶色で印刷された紙の上
人目に付かない片隅に
印されている国土地理院のマーク

生まれたときから少年は名前をもたない
西へ東へ　いくたびも国境線をまたぎ
南へ北へ　いくたびも赤道を越え
ただ場所から場所へと歩いてゆく
人々は見えないものを見るように少年を見る

名付けられてしまったすべての場所に

風が吹き霧が立ち
少年を世界から遠ざける
通りすぎてゆく少年
永遠に歩きつづけるもの

さようなら世界よ
すべてのものの名が
忘れられてしまう日が来るまで
今日も少年は歩いてゆく

16
|
17

きのう女を殺したという記憶

気がつくとおまえはプールの底をただよっていた
けれどもそこはまぎれもなく誰かの部屋で
ドアがあり次の部屋へとつづいているのだが
水が満々とたたえられていて
あたかも水没した家の中で
泳いでいるようだとでもいえば近いのだろうか

首を絞めて殺した若い女の死体を昨日
おまえはこの家つまり広いプールのどこかに隠した
ところが今日になっておまえは
何人かの連れといっしょに
この家の中で何かを捜しているのだ

何を捜しているのかは一向に分からない
しかしみんなは何かを捜していて
おまえもまちがいなくその一員なのだった

おまえも懸命に捜しているふりをしているが
そのじつ　おまえが隠しておいた若い女の死体が
ほかの誰かに見つかりはしないかと懼れている
だがその死体をどこに隠したのかを
厄介なことにおまえはまるで憶えていない

おまえは何か分からないものを
みんなといっしょに捜し回りながら
おまえが隠した死体の在り処を
みんなに見つからないように捜している
おまえはおまえ自身が
捜しものを捜し当てたいのかどうか分からないでいる

隠した昨日と捜している今日とのあいだの

どこか見えない隙間に
ひっそりと浮かんでいる若い女の死体
いつまでもおまえはその死体を捜しつづけている
女を殺したというたしかな記憶だけをたよりに
この水の中をゆっくりと泳ぎながら

靴ひもがほどけてゆく
Superstring theory & Schrödinger's cat

抜けるような冬空の下
見知らぬ町をあてもなく歩いていると
なぜか宇宙の成り立ちを
見極められたとあなたは思う

世界は大きさを持たない0次元の点の集積ではなく
長さのある1次元のひもの
縒り集まったものだとしてみよう*
0をいくつ足しても0にしかならないが
1を足しつづければ無限にまで届くのだから

そんなことを考えながら

履きなれたスニーカーで町を彷徨っているうち
あなたは長すぎる靴ひもを踏んづけては
何度もほどけさせてしまう
畢竟すべての物質は
こんなふうにしてほどけ
エントロピーを増大させてゆく

往来のさかんな道のはたにかがみこんで
あなたが靴ひもを結び直していると
干上がった用水路にひそんでいた一匹の飢えた野良猫が
恰好の獲物に気づいて一散に駆けてくる
金色の眼を瞠いて襲いかかり
一瞬にしてあなたと重なり合ったねずみ色の巨大な猫は
シュレディンガーのようにmir《みやぁ》と鳴く**

0次元の素粒子の状態で
あなたと猫が世界のなかに重なり合って存在するとき
生きながら同時に死んでいることができるとされる

〈重ね合わせの原理〉のパラドキシカルな帰結によって
あなたは無限にちいさな塵となり
量子力学的ミクロ宇宙のすみずみにまで消えひろがる

靴ひもがほどけていることは
もはや猫もあなたも気にしはしない

ふたつの駐車場

男の職場から最寄り駅までの道筋には大きな
ショッピングセンターがあった　その隣には
広い駐車場が併設されてあってそれを斜めに
横切るのが駅までの近道だ　昼間は近隣の町
から買い物にやって来た沢山の車が駐車場に
駐まっているが退社時はまばらになった車の
間を抜けて駅まで向かうのが男の日課だった

男の自宅の斜向かいには小さな月極駐車場が
ある　残業の多い仕事のせいで男が駐車場の
前を通るのはだれもが眠りに落ちた夜更けで
十台かぎりの駐車区画には契約している車が
それぞれ決められた所に整然と駐まっている

帰宅した男は妻が予め用意しておいた夜食を
電子レンジで温めなおしてひとり黙々と食べ
自分の寝室のベッドですぐに深い眠りに就く
朝は妻が起きる前に自分でコーヒーを淹れて
パンを一枚食べてから満員の通勤電車に乗る

月極駐車場に駐められていた一台の自動車が
持ち主の運転で出かけてゆく　昼日中の間は
ショッピングセンターの駐車場に駐められて
持ち主の買物や映画鑑賞や友人たちとの長い
昼食が終わるのを待ち　時には沢山の荷物を
積んで夕方にはいつも通り月極駐車場に戻る
男が満員電車を乗り継いで会社に通うように
車は高速道路でふたつの駐車場を行き来する

男と妻は普段顔を合わせることも四方山話を
することもほとんどないが　妻の愛車は毎日
男と同じように変わらぬ暮らしを送っている

カイヅカイブキの繁る坂道

高台の団地から遙かに見下ろす駅への近道は狭くて急な石段の坂道
その途中に地面にめりこむように屋根が崩れ落ちた廃屋がある
何年も前から誰も住まなくなって打ち捨てられた荒れ放題の古家は
外壁に蔦が這いのぼり　庭には一面にドクダミが生い茂り
もとは生垣だったカイヅカイブキは剪定もされずに忘れられていた

均された贋の平地に建つ団地の住民たちは
山ぎわに沿って大きく迂回する駅までの路線バスの経路を嫌がって
自転車さえ通れない険しい勾配の小径を朝夕に弛《たゆ》まず上り下りした
来る日も来る日も止むことのない往来は石段の中ほどを丸く窪ませ

山林を伐採して開発された人工の街の記憶を堆《うずたか》く積もらせてゆく

人間の手によって園芸用に改良された品種であるカイヅカイブキは
ビャクシンと呼ばれた野生種の時代へと容易《たやす》く先祖返りをする
眠っていた遺伝形質が顕われて針のように尖った葉先は鋭く伸長し
枝叢は誰からも顧みられずただ繁るにまかせたまままうねり枉《ま》がって
日当たりの良い傾斜地で日に日に巻き上がり奔放に育って天を衝く

野生に戻った柏槇《ビャクシン》は石段の急坂を往き来する人たちの好奇の眼から
棄てられた陋屋の団欒の跡を遮り苦も無く覆い隠した
深緑色の炎は螺旋状に捩《よじ》れながら狭い坂道へと勝手気儘にはみ出し
山上に暮らし続ける人間たちの石を組んで坂を拵えた知恵と工夫を
遠からず焼き尽くしてしまうに違いない

迷路をめぐる簡明なメモ

迷路であることの要諦は以下の二点にある

まず第一に　迷路にはスタートとゴールがなければならない
出版されている迷路本などでは　世界中のだれにでも理解できるように
それらは種々の記号を用いて表わされることが多い
矢印から円へ　０から∞へ　中心から外へ抜け出す　等々である
ただしこの地上に実際に構築された迷路においては

あなたには出発点しか明示されていない
ゴールはたしかにどこかにあると信じて
迷路をただひたすらに進んでゆくことになる

第二に　迷路には行き止まりと分かれ道がある
ごくまれに行き止まりのない迷路*はあるが
分かれ道は必ずなければならない
分かれ道はＹ字あるいはＴ字選択路と称される三叉路や丁字路が普通だが
理論上は無限大までのバリエーションが考えられる
あなたは分かれ道でどれかひとつを選んで歩き続けてゆきさえすればよい
分かれ道のない迷路はもはや迷路とはいえない
それは迷路ではなく　ただの長い曲がりくねった《ロングアンドワインディング》一本道である

道の形状は迷路製作者の嗜好によっておおむね二種類に分けられる
直線径路と曲線径路である
印刷された迷路パズルのたぐいでは
俯瞰的に全体を見ることができるので　違いはさほど問題ではないが
現実の迷路では曲線径路において方向感覚を保つのはきわめて難しく

あなたは最初から自分の方向感覚を当てにしない方がよい

あなたが現に歩いている迷路の外形が　方形であるか円であるか
壁の材質が何であるかなどの意匠上の事柄は
すでにそれらに関するさまざまな言説が流布しているとはいうものの
たとえどんな色の壁の　どんなに狭い迷路であったとしても
右にあげたふたつの要諦とは異なり
迷路の本質とはなんら関係がない

空洞を掘りあてる

ひとびとが暮らしているこの地上の下には巨大な空洞がある
というホラ話を子どもの頃には信じていた
空洞はお屋敷のような形をしていて
なかには誰も知らない土中一族が住んでいる

屋根のてっぺんには高く聳える尖塔があって
その先端は地表と接している

だから誰かが自分の立っている真下の地面をすこし掘っただけで
その塔のてっぺんを掘りあてる可能性があるのだという
そうなれば何が起こるんだろう？

塔のてっぺんに開いたちいさな穴から光が射し込んで
地下屋敷いっぱいに広がるのかもしれない
そこから空気が一気に入り込んで空洞全体に充満するかもしれない

あるいはもともと空洞に充ちていた（空気ではない）特別な気体が
地上に噴き出していって屋敷のなかは空っぽになるのかもしれない
（あれっ、空洞なんだから、もともと空っぽなのかな？）

そのときそこに住んでいた者たちはどうなるのだろう？
はじめての陽の光に当たってこなごなに砕け散るのか
押し寄せた空気を吸い込んであっという間に死に絶えるのか

それとも（空気ではない）気体とともに勢いよく地上に飛び出してゆくのか
きっと彼らには何が起こったのか解らないだろう
教えてくれる人なんか誰もいないだろう

そんなことを考えながら空を見ていたら
青空の真ん中に黒くちいさな穴がひとつ
開いた

——星新一*

ある説明文

上空に浮かんでいる永久発光球体は
第二六星系ソラス（現179305418＋）の基準標である
ソラスは地球・木星・火星・金星及び月（地球の第一衛星）が
自治的な星区結合を行なった時代の星区名で
中心星の太陽に因んで呼称したものである
この星区は前侵略時代を通じて
開拓者ハヤカワ・ソウゲン氏一族の司政下に属し
地球には現地支配のために司星庁が置かれていた
一方古くは信仰の聖地と仰がれていた
エラ・リクイン・ＭＭ連峰も
前侵略時代以降は観雪賞嵐の名所となり
そのため諸方と結ばれる航宙路は

来星者の往返で大いに賑わった
こうした諸星人の航宙標のため
第七段階D型当時の星区司政管
タクジラム・PPKA・ムラカミイ氏の手で
S・エフラシック暦一三七年（19A2837PE）に
設けられたのが本基準標である
旧地は航宙路計画整備の際に
ワープハブポイントとなったために
保全を期しがたいので
関係各位のご賛同を得て
本博物資料星内に移設した

——眉村卓*

女たちのいる風景

横をむく女よ　おまえは何を見ているのか
椅子にすわり　長い髪を風に吹かせて
けだるそうに頬杖をついてはいても
おまえの眼はあまりにも真摯だ

フランチェスコ・デル・ジョコンドの妻　またの名はモナ・リザ
こちらをむいて　謎めいたほほえみを浮かべている女は
絵を見つめるひとりの男の顎の下に　彼自身も気づかないほくろを見つけ
じっと笑いをこらえているのだろう

ルオーの描いた女曲芸師が太い輪郭線のなかの黒い大きな瞳で
絵の前に立つ男の背後にひろがる世界をまじまじと見つめている
その驚愕のまなざし

この世界はそんなにも驚異に満ちているのか
デルヴォーの絵のなかの赤い服を着た少女は
ローカル線沿いの夜の道を立ち去ろうとしている
絵を見る男に背をむけたまま　確かにそこに描かれている
月や貨車や電信柱や言葉や言葉の影やらのむこうに消えようとしている

再び横をむく女よ　男にはおまえの見ているものがどうしても見えないのだ
こちら側でもあちら側でもないもの　透明でどこまでも無限につづくもの
一度見るとけっして目をそらすことのできないもの
おまえはそれを見たために絵のなかの女になってしまったのか

さあ男よ　勇気を出して首《こうべ》をめぐらそう
ゆっくりと横をむき
女が見ているものを見てみよう
まだだれも知らない永遠というものを

――石阪春生*

未来の錘

一八五一年
フランスの物理学者レオン・フーコーは
地球が自転していることを観測できる方法として
全長六七メートルの巨大な振り子を
パンテオン寺院の大ドームから吊るした
パリ市民たちははるばると見上げる高さから
広いドームいっぱいに行き来する振り子の軌道が
すこしずつ時計回りにずれてゆくさまを
飽きもせず眺めつづけた

それから一七〇年
地球上のさまざまな場所に設置されてきた**
数多のフーコーの振り子は

いまも絶えることなく揺れつづけている
振り子の行き来を目にする誰もが
時計の秒針が盤上を走る
あのなじみぶかいスピードではなく
この惑星の自転にあわせて音もなく進んでゆく
もうひとつの時の流れを感じることができる
それは刻まれて過去へと沈澱してゆく時間ではなく
未来へと途切れなくつながっている時間だ

一九六五年
アウシュビッツへ旅したひとりの青年が
一篇の詩を書いた*

　森の向うの空地で
　鉛を噛みくだす惨劇がおわる
　あまりに薄明な朝
　一人の市民が吊るされた
　絞首台の真新しい木の香り

がかわいてゆく

パンテオン寺院の振り子に吊りさげられているのは
たかだか直径三八センチ重さ二八キログラムの真鍮製の錘だが
真理を追究する科学の力を用いて
科学者たちは振り子にどんなものでも吊りさげることができる
古生物学者は孵る寸前の恐竜の卵を
核物理学者は世界各国で保有されている核弾頭のうちの一個を
あるいはコンピューターサイエンティストは
映像となってインターネット上に出現する斬殺された人間の首をも
振り子の先端に吊りさげることができるだろう

そして今この時代を生きる我々ひとりひとりが
手と声と心をつないで
地球上のありとあらゆる場所に佇つとき
ゆっくりと時をつなげてゆく振り子には
未来を想像する詩の力によって
まったく別の錘を吊るすことができるのだ

過去のものでなくむしろ過ぎ去らなかったものである記憶を
歴史の真ん中に潜んでいる空虚を
激しい沈黙であるような音楽を
あるいは自分の尻にあるはずの理性を探して
くる日もくる日も自転しつづけている地球でさえも

北緯四八度五〇分東経二度二〇分（フランス・パリ）
北緯三七度四五分東経一四〇度二八分（日本・福島）
北緯五〇度二分東経一九度二一分（ポーランド・オシフィエンチム）

自転する地球のすべての場所で捧げられる
ささやかな祈りのときに
われら新鮮な旅人が見上げる振り子は
そこに吊りさげられたものをかろやかに揺らしながら
ゆっくりと時の流れのなかを進みつづけるだろう
これからも永遠に

——長田弘*

*

はじまりがすでにはじまりはじめている
おわりはまだおわりつづけている

はじまりはとっくにおわっていた
おわりがいよいよはじまりはじめた

*

息の重さあるいはコトバ五態

岩おこし*みたいに硬いコトバと呼べるもんがこの世にはあるで
その味は年寄りたちには懐かしいもんやが
もう嚙み砕くことはでけへん
丈夫な歯ぁと顎をもつ若い者《もん》だけが咀嚼できるんや

気持ちように流れていきよるコトバを堰きとめて
村ごと湖底に沈めて知らんふりを決めこんどっても
権威と様式のダムはやっぱりあんのじょう決壊し
濁った奔流はきまって人のぎょうさん暮らしとる街ン中で氾濫しよる

コトバ絵具《えのぐ》で描《か》かれた綺麗な風景画なんちゅうもんは
おそかれはやかれ水に流されて消えてしまう運命やな

なんぼ分厚うに塗っといたかて
そんなもんは屁のつっぱりにもならんわ

はちきれそうにまんまるなコトバのやゝやゝこが
汗まみれの寝間《ねま》にひとりっきりで
ほったらかしにされたまんまになっとったら
かいらしい桃色の産衣《うぶぎ》でも着せといたったらええねん

コトバの軽さを雲の天秤《はかり》で衡《はか》るんやったら
昨日の風がはこんできよった
息の重さは
さあて　両の掌《てのひら》ででも量《はか》ろうかい

経緯
warps and wefts

ひとびとの吐く息で言葉は紡がれた
途切れなくつなぎあわされ
幾百もの時代を経て
一本一本が強靭な経糸《たていと》となる

飛杼《シャトル》は放たれた　一人の男の唇から一人の女の耳朶へ
ひとりのおんなのこころからひとりのおとこのからだへと
ひとびとは愛を囁き　ひとびとは声高に罵りあう

言葉はあざやかな緯糸《よこいと》となって機《はた》を織る

時を刻む振り子の如く
立てた尻尾を狂いなく揺らしながら
筬《おさ》を操る一匹の黒猫

艶《つや》やかに黒々とひかる生きものだけが赦されている
今も生まれつづける言葉によって織りなされてゆく一枚の布の
その色彩と紋様を見ることを

一瞬だけ言葉が

夢を産む夜の深い暗闇は
何枚もの闇の薄片が
重なりあって
できているという

されば夢の中へ
闇をもとめて沈んでゆこう
覚えたばかりの言葉を
忘れぬうちに

夢の途次で言葉は
かぐわしく匂いたち
闇の奥底で
時とともに醸されるだろう

夜の暗闇が剥がれ落ちたとき
思い出せない夢の向こう側に
　ほんのりと光る明るみを
　　透かし見るときがある

　　　されば夢の外へ
光をさがして飛びたってみよう
　忘れてしまった言葉を
　　思い出すために

　夢から醒める道すがら
剥がれた闇のひとひらに
　　一瞬だけ言葉が
照らしだされることもあるのだから

泳鳥飛魚

遊ぶ人間《ホモ・ルーデンス》　工作する人間《ホモ・ファーベル》　苦悩する人間《ホモ・パティエンス》　智慧を持つ人間《ホモ・サピエンス》＊
それとも
笑う人間　歌う人間　話す人間　祈る人間　泣く人間　……
人間を動詞で定義してみよう　飛ぶ鳥　泳ぐ魚　のように

だが　泳ぐ鳥　飛ぶ魚　だっているではないか
話す蝶　祈る猿　笑うライオン　吠える蛙　洗濯するキリン　のように
泳ぐ赤ん坊　飛ぶ恋人　走る病人　散歩する兵士　歌うキリスト　……

ありとあらゆる人間に　ありとあらゆる動詞を当てはめてみて
いったい　人間はどんな言葉によって定義できるのか
本を読む　詩を書く　花を活ける　絵を描く　ダンスを踊る　ギターを弾く
山に登る　空を見あげる　夢を見る　嘘をつく　人間同士で殺しあう　……

知恵をしぼり　区別し分類し　つぎつぎと言葉を取り替え　その挙句に
〈ヒトはつねにヒト《ヒューマンビーイング》である〉と定義せんとする
〈定義する人間《ホモ・ディフィニエンス》〉の　なんという傲慢

家庭における神話の一例

はじめに
混沌があった

月曜日
男は透きとおった女と所帯を持った
数年がすぎ台所の蛇口がきちんと締まらなくなった
際限なくしたたる水音で男は夜中に何度も目を覚ました

火曜日
「裸で家の中をうろつきまわらないでくださいね」と女は男に頼んだ
その傍らで風呂上がりの幼な子が

裸のまま体じゅうから湯気をたてて無邪気に走り回っていた

水曜日
リビングルームのテレビで男は野球中継を見ていた
「あなた、いつまでもそばにいて」とまた身籠った女が囁いた
兄となる子は「かっとばせ、キンタマダン」と叫びながらまだ走り続けていた

木曜日
男は思い出したように詩を書いた
まるく小さなダイニングテーブルで家族そろって夕ごはんを食べながら
何の変哲もない言葉を使いたいんだと女に言う

金曜日
寝室の窓から見える途方もなく大きなクスノキの古木が切り倒され
そのあとに思いがけないほどちっぽけな
墓石の形に似たコンビニエンスストアが建てられた

土曜日

あたらしい仏壇が和室の箪笥の横に置かれた
時折家じゅうに線香の匂いが立ちこめ
あっという間に埃にまみれた

そして
完璧な秩序があった

●書肆山田版詩集

相澤啓三蛹が見る夢二八〇〇円

相沢正一郎パウル・クレーの〈忘れっぽい天使〉をだいどころの壁にかけた二七〇〇円

青山雨子匙二五〇〇円

秋山公哉蹲るもの二五〇〇円

朝倉勇朝二五〇〇円

淺山泰美ミセスエリザベスグリーンの庭に二五〇〇円

阿部宏慈柄沼、その他の詩二七〇〇円

阿部日奈子素晴らしい低空飛行二五〇〇円

天沢退二郎南天お鶴の狩暮らし二八〇〇円

安藤元雄樹下二四〇〇円

池澤夏樹「メランコリア」とその他の詩二四〇〇円

生駒正朗春と豚二五〇〇円

石井辰彦ローマで犬だった三〇〇〇円

糸井茂莉ノート／夜、波のように二五〇〇円

伊藤勲虚明二七〇〇円

稲川方人君の時代の貴重な作家が死んだ朝に君が書いた幼い詩の復習二七〇〇円

いのうえあき紡錘形の虫二六〇〇円

入沢康夫キラキラヒカル自選ライトヴァース集二五〇〇円

岩成達也風の痕跡二四〇〇円

宇佐美孝二森が棲む男二五〇〇円

江代充梢にて二五〇〇円

大高久志雨に翳り二五〇〇円

岡田哲也茜ときどき自転車二五〇〇円

奥間埜乃さよなら、ほう、アウルわたしの水二二〇〇円

長田典子おりこうさんのキャシィ二二〇〇円

粕谷栄市鄙唄二八〇〇円

金石稔星に聴く二五〇〇円

唐作桂子川音にまぎれて二四〇〇円

川口晴美やわらかい檻二四〇〇円

菊地隆三いろはにほへと二八〇〇円

木村迪夫村への道二五〇〇円

季村敏夫膝で歩く二六〇〇円

倉田比羽子種まく人の譬えのある風景二五〇〇円

黒岩隆あかときまで二二〇〇円

小池昌代地上を渡る声二五〇〇円

高啓二十歳できみに出会ったら二五〇〇円

小林弘明F・ヨーゼフ二六〇〇円

佐々木幹郎砂から二八〇〇円

さとう三千魚貨幣について二四〇〇円

塩嵜緑庭園考二五〇〇円

清水哲男換気扇の下の小さな椅子で二二〇〇円

白石かずこ**浮遊する母、都市**二六〇〇円
神泉薫**あおい、母**二六〇〇円
鈴村和成**黒い破線、廃市の愛**二六〇〇円
鈴木東海子**桜まいり**二四〇〇円
鈴木志郎康**とがりんぼう、ウフフっちゃ。**三〇〇〇円
関口涼子**グラナダ詩編**二四〇〇円
高貝弘也**露光**二五〇〇円
高橋順子**海へ**二四〇〇円
高橋睦郎**何処へ**二八〇〇円
高柳誠**フランチェスカのスカート**二六〇〇円
財部鳥子**氷菓とカンタータ**二六〇〇円
瀧克則**道隠し**二五〇〇円
建畠晢**零度の犬**二六〇〇円
谷川俊太郎・正津勉**対詩**一七五〇円
辻征夫**かぜのひきかた**一六〇〇円
辻征夫**絵本摩天楼物語**二八〇〇円
時里二郎**石目**二八〇〇円
中江俊夫**かげろうの屋形**二八〇〇円
中上哲夫**エルヴィスが死んだ日の夜**二〇〇〇円
中村鐵太郎**ポンパドゥール**三〇〇〇円
新延拳**背後の時計**二五〇〇円
西元直子**くりかえしあらわれる火**二二〇〇円
野村喜和夫**薄明のサウダージ**二八〇〇円
ぱくきょんみ**何処何様如何草紙**二五〇〇円
服部誕**息の重さあるいはコトバ五態**予二五〇〇円
林浩平**心のどこにもうたが消えたときの哀歌**二四〇〇円
林美脉子**タエ・恩寵の道行**二五〇〇円
平田俊子**宝物**二八〇〇円
藤井貞和**神の子犬**二八〇〇円
藤原安紀子**アナザミミクリ**二六〇〇円
細田傳造**みちゆき**二五〇〇円
巻上公一**至高の妄想**二七〇〇円
松浦寿輝**秘苑にて**二八〇〇円
松本邦吉**灰と緑**二四〇〇円
岬多可子**あかるい水になるように**二五〇〇円
峰岸了子**水底の　窓に灯りがともり**三〇〇〇円
村岡由梨**眠れる花**予二七〇〇円
杜みち子**ぱらっぱらっぱ**二六〇〇円
八木忠栄**こがらしの胴**二六〇〇円
八木幹夫**めにはさやかに**二六〇〇円
山崎佳代子**みをはやみ**二六〇〇円
山本楡美子**森へ行く道**二六〇〇円
吉増剛造**裸のメモ**二八〇〇円
李禹煥**立ちどまって**二八〇〇円

●りぶるどるしおる

吉岡実**うまやはし日記**一九四二円
ベケット・宇野邦一**伴侶**二〇〇〇円
サントス・岡本澄子**私はエマ・Sを殺した**一七四八円
アルプ・高橋順子**航海日誌**一七四八円
ベケット・宇野邦一**見ちがい言いちがい**二〇〇〇円
芒克・是永駿**時間のない時間**一七四八円
ロッセッリ・和田忠彦**闘いの変奏曲**一七四八円
宇野邦一**日付のない断片から**一七四八円
前田英樹**小津安二郎の家**二〇〇〇円
バタイユ・吉田裕**聖女たち**二〇〇〇円
デュラス・小沼純一**廊下で座っているおとこ**二〇〇〇円
ボーショー・宮原庸太郎**オイディプスの旅**二九一三円
北島・是永駿**波動**二四二八円
前田英樹**言語の闇をぬけて**二九一三円
ジャベス・鈴村和成**小冊子を腕に抱く異邦人**三〇〇〇円
サントス・岡本澄子**去勢されない女**二四二八円
池澤夏樹**星界からの報告**二〇〇〇円
アイギ・たなかあきみつ**アイギ詩集**二四二八円
バタイユ・吉田裕**ニーチェの誘惑**二四二八円
江代充**黒球**二〇〇〇円
ソクーロフ・児島宏子**チェーホフが蘇える**二〇〇〇円
シンボルスカ・工藤幸雄**橋の上の人たち**二〇〇〇円
中村鐵太郎**詩について**二五〇〇円
ベケット・高橋康也・宇野邦一**また終わるために**二〇〇〇円
石井辰彦**現代詩としての短歌**二五〇〇円
吉増剛造**ブラジル日記**二五〇〇円
デュラス・佐藤和生**船舶ナイト号**二〇〇〇円
ベケット・長島確**いざ最悪の方へ**二〇〇〇円
宇野邦一**他者論序説**二五〇〇円
バタイユ・吉田裕**異質学の試み**三〇〇〇円
バタイユ・吉田裕**物質の政治学**二五〇〇円
戈麦・是永駿**戈麦**(ゴーマイ)**詩集**二五〇〇円
関口涼子**二つの市場、ふたたび**二〇〇〇円
ボーショー・宮原庸太郎**アンチゴネ**三〇〇〇円
岡井隆**E／T**二〇〇〇円
前田英樹・若林奮**対論◆彫刻空間**二五〇〇円
中村鐵太郎**西脇順三郎、永遠に舌を濡らして**二五〇〇円
ジダーノフ・たなかあきみつ**太陽の場所**二五〇〇円
パス・野谷文昭**鷲か太陽か?**二五〇〇円
佐々木幹郎**パステルナークの白い家**二五〇〇円
松枝到**奪われぬ声に耳傾けて**二八〇〇円
入沢康夫**詩の逆説**三五〇〇円
岡井隆**伊太利亜**二八〇〇円

平出隆**多方通行路**二五〇〇円

石井辰彦**全人類が老いた夜**二五〇〇円

若林奮**I.W**——若林奮ノート 三〇〇〇円

矢野静明**絵画以前の問いから**二五〇〇円

メカス・村田郁夫**どこにもないところからの手紙**

コーノフ・たなかあきみつ**さんざめき**二五〇〇円

高橋睦郎**歌枕合**二五〇〇円

吉増剛造・関口涼子**機**——ともに震える言葉二五〇〇円

ダルウィーシュ・四方田犬彦**壁に描く**二五〇〇円

デュラス・亀井薫**ガンジスの女**二〇〇〇円

ファーブル・宇野邦一**わたしは血**一八〇〇円

藤井貞和**詩的分析**三〇〇〇円

高貝弘也**白秋**二五〇〇円

ペルス・有田忠郎**鳥**二〇〇〇円

岡井隆**ネフスキイ**三五〇〇円

前田英樹**深さ、記号**三八〇〇円

ファーブル・宇野邦一**変身のためのレクイエム**二五〇〇円

吉増剛造**静かな場所**二五〇〇円

高橋睦郎**百枕**二七〇〇円

入沢康夫**ナーサルパナマの謎**二八〇〇円

笠井叡**カラダという書物**二八〇〇円

ラポルト・神尾太介**死ぬことで**二五〇〇円

鈴木志郎康**結局、極私的ラディカリズムなんだ**二八〇〇円

岩成達也**誤読の飛沫**二八〇〇円

季村敏夫**日々の、すみか**二五〇〇円

山崎佳代子**ベオグラード日誌**二六〇〇円

バタイユ・吉田裕**『死者』とその周辺**二八〇〇円

笠井叡**カラダと生命**三二〇〇円

石井辰彦**逸げて来る羔羊**二八〇〇円

矢野静明**日本モダニズムの未帰還状態**二八〇〇円

池澤夏樹**ギリシャの誘惑**増補新版二五〇〇円

吉田裕**詩的行為論**二八〇〇円

高橋睦郎**季語練習帖**三〇〇〇円

石井辰彦**あけぼの杉の竝木を過ぎて**二八〇〇円

●

池澤夏樹詩集成二八〇〇円

伊藤聚詩集成七五〇〇円

岩田宏詩集成四五〇〇円

白石かずこ詩集成I 五五〇〇円／II・III各六〇〇〇円

鈴木志郎康**攻勢の姿勢**1958-1971 四八〇〇円

高橋順子詩集成三五〇〇円

高柳誠詩集成I・II各三八〇〇円／III四二〇〇円

辻征夫詩集成新版四八〇〇円

●ガートルード・スタインの本
地球はまあるい（童話）二〇〇〇円
ファウスト博士の明るい灯り（戯曲）三〇〇〇円
地理と戯曲（小品集）三五〇〇円
●トリスタン・ツァラの作品
人間のあらまし（詩集）三二〇〇円
イマージュの力（美術論）三八〇〇円
詩の堰（詩論）四二二三円
狼の泉（詩集）三五〇〇円
アンチピリン氏はじめて天空冒険ほか三五〇〇円
七つのダダ宣言二〇〇〇円
ランプの営み（評論）二二〇〇円
●
J・メカス**ジョナス・メカス詩集**三〇〇〇円
C・P・カヴァフィス**カヴァフィス全詩**三五〇〇円
ピエール・ガスカール**箱舟**二六〇〇円
ノエル・アルノー**ボリス・ヴィアン**六三二一円
P・J・ジューヴ**オードその他**三〇〇〇円
レミ・ド・グールモン**色づくし**三〇〇〇円
S＝J・ペルス**風**三〇〇〇円
M・ドゥギー**愛着**四八〇〇円
エズラ・パウンド**大祓**三四〇〇円
エズラ・パウンド**仮面**三四〇〇円
エズラ・パウンド**カンツォーネ**三八〇〇円
ジョン・アッシュベリー**波ひとつ**三〇〇〇円
J・メリル**イーフレイムの書**三二〇〇円
J・メリル**ミラベルの数の書**四五〇〇円
J・メリル**ページェントの台本上・下**各四八〇〇円
E・シットウェル**ヴィクトリア**三五〇〇円
E・シットウェル**凍るひ**三〇〇〇円
E・シットウェル**惑星の蔓**四八〇〇円
D・G・ロセッティ**いのちの家**四六〇〇円
北島ほか**億万のかがやく太陽**二五〇〇円
芒克（マンク）**詩集**三五〇〇円
北島ブラックボックス二八〇〇円
北島（ペイ・タオ）**詩集**四五〇〇円
パウル・ツエラン**ことばの格子**二五〇〇円
C・モルゲンシュテルン**絞首台の歌**三五〇〇円
P・ネルーダ**マチュピチュの頂**二五〇〇円
A・モンテロッソ**黒い羊 他**二〇〇〇円
A・モンテロッソ**全集 その他の物語**二五〇〇円
●谷川俊太郎の贈物
祝婚歌新しく始まる日々……その一番最初の日を祝う、東西の名詩選＊二五〇〇円

●打田峨者ん句集**骨時間**二四〇〇円
是永舜句集**間氷期**二六〇〇円
清水哲男句集**打つや太鼓**一八〇〇円
辻征夫句集**貨物船句集**一五〇〇円
馬場駿吉句集**耳海岸**三〇〇〇円
四ッ谷龍句集**夢想の大地に**
おがたまの花が降る二四〇〇円
吉岡実句集**奴草**二八〇〇円
私のうしろを犬が歩いていた——追悼・吉岡実三〇〇〇円
秋元幸人**吉岡実アラベスク**三八〇〇円
飯島耕一**俳句の国徘徊記**二〇〇〇円
市川政憲**近さと隔たり／存在する、美術**四〇〇〇円
入沢康夫**「ヒドリ」か、「ヒデリ」か**一九〇〇円
宇野邦一**物語と非知**二七一九円
岡井隆**『赤光』の生誕**三八〇〇円
岡井隆**鷗外・茂吉・杢太郎**四八〇〇円
岡井隆**森鷗外の『うた日記』**三二〇〇円
加納光於・瀧口修造**《稲妻捕り》Elements**一二〇〇〇円
季村敏夫**災厄と身体**一八〇〇円
清水哲男**蒐集週々集**二三三一円
白石かずこ**詩の風景・詩人の肖像**三五〇〇円
高橋順子**恋の万葉・東歌**一五〇〇円
財部鳥子**猫柳祭**一八〇〇円
辻征夫**ゴーシュの肖像**二八〇〇円
辻征夫**ボートを漕ぐもう一人の婦人の肖像**一八〇〇円
辻征夫**ロビンソン、この詩はなに？**一六〇〇円
那珂太郎・入沢康夫**重奏形式による詩の試み**二五〇〇円
野村喜和夫**移動と律動と眩暈と**二五〇〇円
馬場駿吉**加納光於とともに**二〇〇〇円
馬場駿吉**意味の彼方へ**——荒川修作に寄り添って二〇〇〇円
林浩平**裸形の言ノ葉**二〇〇〇円
藤井貞和**言葉の起源**二四〇〇円
古井由吉**詩への小路**二八〇〇円
宗近真一郎**詩は戦っている。**
誰もそれを知らない。三〇〇〇円
水田宗子**白石かずこの世界**二八〇〇円
森内俊雄**空にはメトロノーム**二八〇〇円
八木忠栄**詩人漂流ノート**二〇〇〇円
時計の振子、風倉匠二五〇〇円
吉田裕**バタイユの迷宮**三二〇〇円
吉増剛造**静かなアメリカ**三八〇〇円
四谷シモン**NARCISSISME**三八〇〇円
和田忠彦**遠まわりして聴く**二六〇〇円

郵 便 は が き

〒171-0022

東京都豊島区南池袋2-8-5-301

書 肆 山 田 行

常々小社刊行書籍を御購読御注文いただき有難う存じます。御面倒でも下記に御記入の上、御投函下さい。御連絡等使わせていただきます。

書名

御感想・御希望

御名前

御住所

御職業・御年齢

御買上書店名

最後の蟬のための挽歌

アスファルトの上で融けてゆくソフトクリームの世界地図
首位を守っていた宇治金時も
とうとう四位にまで転落してしまいました
夕立でできた水溜まりでは熟れすぎて落ちた夏が早くも腐りはじめています

鳴き疲れたカナカナ蟬は客のいない木蔭のビアガーデンで
温《ぬる》くなった生ビールを呑んでいます
扇形にカットされたひと切れ百円の夏は綺麗な西瓜色
地蔵盆の夜店でもう叩き売りです

枯れた向日葵がほんのりレモンティーの匂いを立てている午後

日に焼けた蟋蟀がヨオロッパ旅行から帰ってきました
軒下に吊るされた風鈴の音が止み蓮の花が長い午睡に入る頃には
今朝漬けた夏がほらこんなに紫色になってしまって

休みなく首を振っていた扇風機のタイマーが切れると
エメラルド色した稲の穂が一斉に背を伸ばします
秋はまだ避雷針に落ちてきません
ずっと遠くで鳴っています

街の遷移に関する備忘手控

想像上の仮説の前提条件として、基質にまったく生物を含まない裸地を想定する。広く自然界においては、溶岩流や氷河の侵食によって作られた土地、岩盤の上などがそれに当たる。

我が国では、ひとつの集落と隣りあう集落とのあいだに、曖昧な境目のような、どちらにも属していない地帯が生じることがある。峠や河川によって画然と区切られた境界でなく、平地がゆるやかに続いてゆくうちに街が終わり、次の街がはじまるまでのあいだ、街の立てる音も匂いもしないと思われるような地域である。そこではひとの気配が感じられない。

裸地の岩石表面が徐々に風化したり、風雨によって運ばれた砂礫が堆積して土壌を形成することで、植生の遷移*は動きだす。土壌のもつ保水力がないと、植物は生育できないからである。風雨が運んできた苔類や地衣類の胞子がまず岩の窪みに生え、その後、表面に生じた砂礫層と、苔や地衣類の生育による有機物の蓄積を経て、土壌微生物やダニなどの土壌動物が出現する。

ひとの気配はしなくとも、その境目に人工物がないわけではない。広々とした畑や果樹林が続いていたり、資材や産業廃棄物や積み上げられた廃車の置き場があるかもしれない。道路わきにぽつんと建つセルフのガソリンスタンド、自販機だけがずらりと並ぶ無人のドライブイン、はては鮮やかな色をした古城のようなラブホテルまでが建っていることもある。

風化などである程度の量の土壌が蓄積すれば、その場所への草本の侵入がはじまる。当初は一年性草本が、年を追って多年性草本が量を増やし、次第にそこは背の高い草原となる。草の根は苔よりもさらに土壌深くまで貫入し、砂礫と土壌の層は厚くなる。土壌中には、ミミズなど大型の土壌動物も姿を見せ、陸上には昆虫や鳥も現われる。

その人気《ひとけ》のない土地で、やがて、住宅開発がはじまる。放置されていた資材や廃車はいずこへか運び出され、雑木林が伐採されて、幅広いまっすぐな道路と信号がまず整備される。土地は均され、区画に割られ、分譲販売が開始される。私立の中高一貫校が誘致され、買い物に出かける3ナンバーの自家用車と路線バスが行き交うようになる。大きな飼い犬の吠える声が時折、整然と区分けられた碁盤目状の街の空に響きわたる。

草本のあとには、木本の侵入がはじまる。あらゆる種類の木本植物の種子が飛来し根付く。そのなかから、まずはじめに低木林が形成される。やがてシラカンバやマツなどの陽樹が成長してくると、その下は次第に日蔭になり、草原の植物は勢いを失う。代わって日蔭であっても成長可能な植物が林床に侵入する。こうして陽樹林ができる。樹木は草本よりも深く根を下ろし、土壌層はさらに厚くなる。土壌にも陸上にも、動物相はさらに豊富になる。

開発は続き、分譲住宅地の奥にマンションが建ち、大規模な団地ができる。スーパーマーケットとショッピングモールが、富裕な先住者たちの反対運動を斥けてつくられる。通勤通学のバスは団地の住民たちでいつも満員となる。軽乗用車がせわしなく行き交い、クラクションが不用意に鳴らされ、子どもたちの遊ぶ声が公園やグラウンドから絶え間なく聞こえてくるようになる。

樹木が育ち森林ができると、その内部は湿度が高く、林床の照度は低くなる。この段階では陽樹の苗木が生育しにくくなる。代わりに暗い林床でも成長できるブナやカシなどの陰樹が成長し、森林を構成する主な樹木となる。陽樹と陰樹が入り交じった森林がしばらくは続くが、陽樹はしだいに淘汰されてゆき、時が経つにつれてそこは陰樹林へと変わってゆく。

時が経ち、閑静な住宅街だった最初の分譲住宅地は、高齢となった居住者たちだけが住む、殺風景なゴーストタウンと化してゆく。散歩する老犬はいつのまにかいなくなり、寝たきりや閉じこもったままの飼い主を残して、わずかな家猫とますます数の増えた野良だけが、高い塀の上を渉ってゆく。

森林の樹木群集がほとんど陰樹で構成されるようになり、それ以降樹種の割合がさほど変化しない状態を遷移上では極相（クライマックス）と称する。こうして、一次遷移として極相に達した極相林では、土壌層は豊かになり、地上には森林性の草本が次第に生えるようになる。

さらに時が経ち、子どもたちが巣立っていったマンションにも空き部屋が増え、団地は廃墟の様相を示す。塗り替えられることがなくなった外壁には罅割れが走り、屋上に据えられた貯水槽には遠目にも錆が目立ちはじめる。街路樹は伸び放題に伸び、駐車スペースでは敷石のすきまに雑草がはびこり、一階区画に付帯している小さな庭は背の高い草本で覆われてゆく。ひとの気配はしだいに感じられなくなってゆく。

我が国においては通常、前提となる土地の条件は、すでに土壌が存在し基質である土壌に若干の生物、例えば土壌中の種子・地下茎・土壌動物などを含む場所である。植生のない宅地開発地や耕作放棄地でも、土壌中に種子や動植物の死骸などの有機物があるなど、草本が生育する条件は整っている。この場合はすぐに草本が侵入し、再び遷移がはじまる。数年で多年生草本が繁茂し、ほどなく陽樹の侵入もはじまる。そこからまた同じ経過を辿る二次遷移がはじまるのである。

ひとの気配はしなくとも、そこに人工物がないわけではない。

言葉供養

世紀末の地震で亡くなつた
祖父の墓標は沈黙の表象だつた
彼が土に還つて以来祈りつゞけ
昼さがりの大津波に呑まれた祖母の卒塔婆は
無限呪禱あるいは饒舌の比喩だつた
ふたつの魂の果てなき距離を
言葉は火の玉となつて往還した

祖母が産声をあげてから息絶えるまで
いちども離れることのなかつた海辺の街を
一望できる丘の頂きにある霊園墓地
空の高さにほど近いその場所で

言葉はいま焚かれた
記憶と化してたち現れる街並みの向かうには
銀色にかゞやく海があり
ふたすじの日矢が雲間に射し昇る
といふ言葉も
もはや無い

古き死者はむかしのままに
太い首をわづかに傾げて微笑みかけ
新しき死者はいつもと変はらず
口を真一文字に結んでかすかに首肯《うなづ》いて
すでに言葉ではなくなつた思念を
通ひあはせるだらう
といふ言葉
さへも

残された子々孫々
我等いまも生き存へる者どもは

立ちのぼる煙の
かつて言葉だつたものの前に跪拝《ひざまづ》き
供へられた花々を等しく頒けあつて
燃えつゞける炎のなかへ
擲げ入れる

横たわる男

入院患者が死亡した際には、臨終に立ち会った医師が、死亡時間と死因を記した死亡診断書を直ちに作成する。病院から自宅あるいは葬祭場への搬送に際しては、遺体運搬許可書が出される場合もある。

――電話が明け方にね、危篤だって
――霊安室でね、まるで何か、ものでも言いそうな顔だったよ
――病院まで慌ててタクシーで行ったのに、嫌だよ、もうみんな帰ったあとで
天井まで届くほどの　いっぱいの花々のなかに

横たわっていて
頭の方向はたしかに、北を向いていていて

幕が張られ　夜が遮られている
香の煙と混じりあう花々の、匂い
ずっと昔、嗅いだことがある

――あら、ずいぶんと早かったじゃない、新幹線で来たのかい
――このたびはなんともはや、まことに、なんと申し上げてよいやら
――おいくつだったんかね、たしか、寅年だったはずやが

読経が終わる、いつのまにか
親類縁者の数がすこしずつ増えてゆく、いつのまにか
いつのまにか、おれに似た男の姿はどこにも見えなくなる

線香の煙の行方をいつまでも追っている
座ったままのうつろな顔の老婆
目を伏せ走るようにしてやって来る見覚えのない男たち

死亡届は死亡日から七日以内に死亡者の死亡地または本籍地の市区町村
役場の戸籍係に提出する。死亡届は昼夜休祭日を問わず受け付けてくれる。
その際、届出人は代理人でよく、印鑑も認め印でよい。

――喪主の方も、どうぞ、今のうちにお食事を
――すっかりごぶさたしてしまって、こんな時でないと
――この巻線香は朝まで大丈夫ですので、どうぞ、ゆっくりとお休みください

祈ろうとしても、祈ることができない　いったい何を祈ろうとするのか
思い出そうとしても、思い出すことができない　何を思い出せというのか
考えようとしても、考えることができない　だが、いったい何を考えるのだ？

（横たわらなければならない、眠るためには）
おれは、そう考えはじめてはいるが
横たわっている男は何も考えていない、きっと

――ではまた、明日の九時にまいりますので

——疲れているんだけど、何だか目が冴えちゃって
——缶ビールが冷蔵庫にあったはずやが

男はほんとうに死んだのか
おれはほんとうに生きているのか
おれはもう何も見ることができない、目を閉じているから

からだが、浮いているような気がする
眠っているのだが、どこかへ流されてゆく、ような気がする
夢を見ているような、気がする

颪
木々の枝
ちぎれる葉
舞う　舞いあがる
たくさんの靴音
車のクラクション
赤信号

交差点、
の向こう側
雑踏
舗道の、
上で足を折り
あおむけに
横たわっている男
おれには見える
半開きになった口元
おい、何をしてるんだ、
そんなところで
さあ　顔をあげろ
からだを起こせ
立ちあがれ、
横たわる男よ

――それでは、ご親族の方から、順にご焼香を
――以下、同意文につき、ご尊名のみ拝読申し上げます

——恐れ入りますが、男性の方は残ってご出棺のお手伝いを

棺のなかの男はおれに似てはいなかった
あの一瞬に考えはじめたことを
そのまま考えつづけているように、唇をぎゅっと閉じて

重たくない、大勢で柩を持つと
からだじゅうから滲みだした漿液が
柩の底を濡らしている、おれの掌も

火葬許可証は死亡届と引き換えに交付される。許可証があれば、死後二十四時間以上経過した死体は望みの火葬場で火葬にすることができる。ただし火葬場は「友引」の日と元日は休業するところが多い。

——タクシーを二台と、マイクロバスを用意してありますので
——ああ、何がなんだか、何もかも、ぼおっとしてきちゃったわ
——お焼き場まではどれくらいかかるのかしらね、遠いのかね

ふたつ並んだもう片方の火葬炉の前では
たくさんの見知らぬひとたちが泣き叫んでいた
死者を目覚めさせようとして

二人の火夫がゆっくりと棺を入れる
扉が二重に閉められる
隣の女の号泣はやまない

火葬後、火葬場の印が捺された火葬許可証はそのまま埋葬許可証となる。
後日、墓地に納骨する際必要となるので、紛失しないよう大切にしまって
おかなければならない。

——こちらでお待ちを、一時間ほどで
——まだお若い方のようだね、お隣はどうも
——お二人ずつご一緒に、お箸わたしで、ひとつのお骨《こつ》を

壺のなかの、あたたかくて白い、骨
カサカサ、と、かすかな、音をたてる

揺れるたびに、すこしずつ、割れ落ちて
胸の前に骨箱を支えている
おれの掌のうえで
まだ今も、横たわっている男

垂心についての哲学的な考察
the identification of the orthocenter

心臓は一つしかないが心という語はたくさんの意味を持つと哲学者は言った
心はいたるところに遍在するたとえばどの三角形にも五つの心があるように
それは内心外心傍心重心垂心と名付けられ幾何学の美しい神秘と称えられた

父の兄弟たちはみな子どものうちに死にひとり生き残った父も
尋常小学校のときに父親を亡くして丁稚奉公に出されていたが
早ばやと召集されて大陸に渡りひたすらに進軍して死線を越え
自らの手で大勢の中国人を撃ち殺し斬り殺したのちからがらに
敗走したが生き存えて復員し所帯を持ってわたしの父となった

七人兄弟姉妹の長女として育った母は尋常小学校を卒業すると
下の子たちの面倒を見ながら近所の使い走りや小間仕事を始め
見よう見まねで炊事洗濯掃除裁縫から乳母《おんば》さん代わりの子育て
まで一切合切を身につけていったがそれが徒《あだ》となって嫁《い》き遅れ

ようやく復員した父と縁あって見合結婚しわたしの母となった

内心は三角形の三内角の二等分線の交点を指し外心は各辺の垂直二等分線の
交点を傍心は一内角二外角の二等分線の交点を重心は三中線の交点を謂うが
垂心は三頂点から対辺へ下ろした三垂線の交わる点であると定義されている

古稀を過ぎて父は子どもの頃に患った結核が再発し隔離病棟に
入院したが兄弟たちを死なしめたその病気を異常なまでに懼れ
日に日に憔悴したのち突然子どもにもどって四日後に他界した

父を見送り十数年経ったのち足を悪くして施設に入所した母は
ひとり暮らしの日々の記憶を次第に無くして連合《つれあ》いの死を忘れ
息子の顔を覚えておくことも出来ずに子どもにもどっていった

二本の直線が一点で交差することは必然*だが三本の直線が一点で交わるのは
多くの場合偶然であるにも拘わらず三角形の五心がいずれも例外なく一点で
交わる奇跡はギリシア数学の精華たるユークリッドの原論にも記されている

＊

さてここで垂心についての哲学的な考察をするに当り
象徴的かつ普遍的なとある三角形の三つの頂点を仮に
それぞれ〈いま〉〈ここ〉〈ことば〉と名付けてみよう

〈いま〉の頂点から〈記憶〉と名付けられた一本目の垂線を通時的に垂らす
〈現在の私〉が生誕にまで繋がる〈記憶〉の糸の中を遡ってゆくことにより
長大な〈歴史〉が降り積もった底辺に〈過去の私〉を繋留することが出来る

見舞いに行ったわたしのことを早逝した兄だと思い込んだ父は
兄ちゃんえらい老けてしもたなあとわたしの顔を見て笑い出し
そのあとわたしの手を握ったまま声を震わせ啜り泣きつづけた

泣いた父を見た憶えのないわたしが思わず手を握り返したとき
子どもの頃にこの皺んだ手で何度も打擲されて泣かされたのは
泣くことも出来なかった自分の身代わりだったのだと気付いた

年と共に父親の顔に似てきた息子を母は長年連れ添った亭主と
勘違いしてもうだいぶ先《せん》に死んだんやったとばかり思てたんや
あゝあほらしと不謹慎な冗談を言ったかのように呵呵と笑った

〈ここ〉の頂点からは〈見当識《けんとうしき》〉** と呼ばれる二本目の垂線を共時的に垂らす
その垂線が周りの空間世界のなかに〈現在の居場所〉を定位することにより
底辺に描き出された〈現実世界〉に〈現在の私〉を位置付けることが出来る

ここに居《お》るとは誰も知らんやろと思てあんじょう隠れてたのに
あんたどうしてわたいがここに居るのが判ったんやと母は訊く
わたしを昔の連合いだとつゆ疑いもしないで心底不思議そうに

怒りだすと手の付けられない父からわたしをかばうために母は
お仕置きと称してよくわたしを押入れに閉じ込めたがわたしは
暗闇の隠処《かくれが》が存外心地よく泣きながらも眠ってしまうのだった

病室の窓を無理やり開けようとしてここはどこや脱走するから

手を貸せと一瞬上等兵にもどって窓の陰から外を覗き見た父は
その言葉のとおり四日後に死体となって病室から運び出された
〈ことば〉の頂点からは〈省察《せいさつ》〉と呼ばれる三本目の垂線を思惟的に垂らす
その垂線は未知なる未来を観想的に探究しつつ〈意味〉の底辺に辿りついて
〈生きることの意味〉を見いだした〈未来の私〉に〈現在の私〉を投企する

子どもにもどっていた四日間まだ死にとうない死にとうないと
父は胸水が貯まりはじめた肺から息苦しげに言葉を吐き出して
兄と信じているわたしの手を離さず何度も何度も言いつのった

子どもにもどってからの母は言葉を喋りはじめた幼児のように
早うお迎えが来てほしいもんやなと愉しげにわたしに話しかけ
まるで極楽浄土でお釈迦様に逢ったかのように微笑むのだった

言葉を用いて我が子を叱ることが出来ずすぐに手を上げた父と
言葉で諌めるすべを知らなかった母と反駁する言葉すら持たず
ただ泣きつづけたわたしの三人はそれでもたしかに家族だった

〈記憶〉〈見当識〉〈省察〉という名を持つ垂線が〈過去〉〈現在〉〈未来〉を
貫いてつねに一点で交わるその座標点が〈同一化《アイデンティファイ》〉された〈私自身〉である
そのとき〈今ここにいる私〉は〈ことば〉を通して〈私自身〉の現存を知る

*

過去現在未来つねに幸福だったひとりの女が見当識をうしない
記憶を無くし言葉を忘れてわたしの傍らで無心に微笑んでいる
〈唯一無二の自己《アイデンティティ》〉の意味など生涯ただ一度も考えることなく

左手人差指の曲がった女の骨ばった手をわたしは両手で包んだ
顔を上げた女が見も知らぬ男に礼を言おうとわたしを見たとき
掌の冷たさの奥から先《せん》に死んだ男の手の温もりが伝わってきた

かつては家族と呼ばれていた〈父〉〈母〉〈わたし〉を三角形の三頂点とする
〈わたし自身〉の三角形も〈いま〉〈ここ〉〈ことば〉を頂点とする形而上の
三角形と同じく三垂線が一点で交わるという垂心の美しい奇跡を有していた

*

すわりかた

この
ちっぽけな
たましいは
ささやくように
うたを
うたいながら
おもいでから
ぬけだして

あのけやきの
こずえをこえて
まっすぐに

そらの
はてへと
とおざかってゆくのだから

だいじょうぶさ
いとしいひとよ
なかないでおくれ
こちらにかおを
むけないで

どうかそのまま
むこうむきに
すわったままで
いておくれ

注——

靴ひもがほどけてゆく＝＊Superstring theory（超ひも理論）は、物質の基本的単位を、大きさが無限に小さな0次元の点粒子ではなく、1次元の拡がりをもつ弦であると考える物理学の仮説（弦理論）を、超対称性にまで拡張した理論。
＊＊Schrödinger's cat（シュレディンガーの猫）は、オーストリア出身の理論物理学者エルヴィン・シュレディンガー（一八八七—一九六一）によって提唱された、量子力学の基本的な原理「重ね合わせの原理」を観測する思考実験をいう。ミクロな粒子の状態によって、猫の生死を決定する実験装置では、粒子は複数の状態を同時に重ね持つため、箱を開けて確認するまでは、箱の中にいる猫も「生きていながら死んでいる」という状態を起こすとされる。
なお、mir（独）は、ichの与格。「私に」の意。

迷路をめぐる簡明なメモ＝＊行き止まりのない迷路は、一般に「開放迷路」と呼ばれる。

空洞を掘りあてる＝＊星新一（一九二六—一九九七）はＳＦ作家。生涯にわたり、一〇〇一編以上のショートショートを発表し、「ショートショートの神様」と呼ばれた。代表作には、『ボッコちゃん』『ようこそ地球さん』『きまぐれロボット』などがある。なかでも、『ボッコちゃん』に収載された傑作ショートショート「おーい、でてこーい」は、その英訳が中学校教科書に採られたことなどから、人口に膾炙した。

ある説明文＝＊眉村卓（一九三四―二〇一九）はＳＦ作家。代表作「司政官シリーズ」は、泉鏡花文学賞（一九七九）と星雲賞日本長編部門（一九七九と一九九六の二回）を受賞。本名は村上卓児。

女たちのいる風景＝＊石阪春生（一九二九―二〇一九）は洋画家。神戸市生まれ。中世ヨーロッパ風の世界に住む、憂愁を帯びた女性を細密に描いた連作「女のいる風景」で、独自の世界を切り開いた。

ジョルジュ・ルオー（Georges Rouault、一八七一―一九五八）はフランス生まれの野獣派の画家。

ポール・デルヴォー（Paul Delvaux、一八九七―一九九四）はベルギー・リエージュ州生まれのシュルレアリスムの画家。

なお、レオナルド・ダ・ヴィンチの描いた〈モナ・リザ〉のモデルはフィレンツェの名士フランチェスコ・デル・ジョコンドの妻リザといわれているが、マントヴァ公妃イザベラ・デステとも、あるいはレオナルドの母親あるいは彼の美貌の弟子サライとの異説もある。

未来の錘＝＊長田弘（一九三九―二〇一五）は詩人。福島県福島市生まれ。引用した詩行は、第一詩集『われら新鮮な旅人』所収「吊るされたひとに」より。また、本作品中には、それとは別に、彼のいくつかの著作からの引用が含まれている。＊＊ウィキペディアによれば、現在世界各地で少なくとも一六六基の（日本国内では六〇基の）「フーコーの振り子」が設置されていることが確認されている。

息の重さあるいはコトバ五態＝＊〈岩おこし〉は米を原料とする大阪の名物菓子。細かく砕いた米と生姜・ゴマなどを、水あめ等で作ったシロップと混ぜて固めたもの。〈粟おこし〉と比べると、原料がより細かく砕かれていて隙間がほとんどないため、格段に硬い。「つのせ」「あみだ池大黒」「梅仙堂」「戎大黒本舗」の四社が製造販売で有名。
なお、この作品は『大阪春秋』二〇一九年春号（通巻一七四号）「おおさか詩苑」に掲載された作品を加筆・改稿したものです。

泳鳥飛魚＝＊〈ホモ・ルーデンス〉はオランダの歴史家ヨハン・ホイジンガ（Johan Huizinga、一八七二―一九四五）が、〈ホモ・ファーベル〉はフランスの哲学者アンリ・ベルクソン（Henri-Louis Bergson、一八五九―一九四一）が、〈ホモ・パティエンス〉はオーストリアの精神科医で心理学者ヴィクトール・フランクル（Viktor Emil Frankl、一九〇五―一九九七）が、それぞれ称えた。〈ホモ・サピエンス〉はスウェーデンの博物学者カール・フォン・リンネ（Carl von Linné、一七〇七―一七七八）が考案した分類学上の「人類が属する動物種」の〈学名〉。

街の遷移に関する備忘手控＝＊日本生態学会編『生態学入門』（東京化学同人）より引用・一部改変しています。
なお、この作品は、『薄情』（絲山秋子）から着想を得ています。

垂心についての哲学的な考察＝＊「二直線が平行でない場合は」という限定条件が、恣意的に省略されている。＊＊〈見当識〉は自分自身の時間的、空間的、社会的位置を正しく認識する機能。＊＊＊〈省察（せいさつ）〉はmeditationの哲学的訳語。自分自身を省みて考えめぐらすこと。また、〈観想〉とは、そのものの真の姿をとらえようとして、思いを凝らすこと。テオーリア（theōria）の訳語。〈投企（Entwurf）〉とは、自己の可能性追求の自由な企て、をいう。

なお、表紙装画に石阪春生氏のデッサン画を使用するにあたって、ご子息石阪吾郎氏の許諾をいただきました。茲に誌して謝意を表します

あとがき

むかし一度だけ、仕事で中国に行ったことがありました。一九八七年のことです。天安門事件の二年前ですから、まだ「百花斉放・百家争鳴」のスローガンの下、言論の自由化が（表面上は）推進されていて、誰もが時代の空気を満喫しているような雰囲気でした。北京の一大繁華街「王府井《ワンフーチン》」近くに宿をとったわたしが朝の散歩に出たときです。飯店《ホテル》の前の大通りには自転車に乗って職場へ向かう大勢の人たちが、信号待ちをしていました。幅一〇〇メートルもあろうかという広い道路の道幅いっぱいに並んだ自転車の列は、信号が変わると同時に一斉に交差点のなかに漕ぎ出されてゆきました。その光景は、たとえば東京マラソンのような、大勢の市民ランナーがスタートの合図とともにそろって走り出す瞬間を、全部自転車にしたような、見ていて何とも惚れ惚れしてしまう、忘れがたい光景だったのです。やがてこの通勤風景は北京の風物詩として、わが国でもニュースなどで何度もその映像を目にするようになります。

ふだんから、「時間」について、あれこれと思いめぐらすことの好きなわたしは、いったい、時間とは流れゆくものなのか？　それとも、刻まれるものなのか？　と、どうでもいいことに悩んだことがありました。

「流れゆく時間」と「刻まれる時間」。

　どちらの方が「時間」の姿かたちを見る／形容するのに相応しいか。


「刻まれる時間」は、カチカチカチカチと音を立てます。その音に聞き耳を立てると、時間がすこしずつ動いてゆく様子を想像することができます。あるいは、輪切りに刻まれた時間の断面をイメージすれば（みじん切りでは無理ですが）、そこには一瞬の時間が封じ込められているさまを思い描くことができます。その断面を見ることができたなら、たしかに時間を見たと錯覚することができるのかもしれません。

　けれども、実のところは、そんなふうに、「刻まれる時間」の外側から時間を見ることはできないのです。我々はつねに、時間の只中にいます。けっして時間をキュウリのように刻む料理人《シェフ》にはなれません。刻まれたキュウリを手に取って、その断面をしげしげと眺めるわけにはゆかないのです。

　一方、「流れゆく時間」なら、見ることはできるのでしょうか。

「流れゆく時間」は音を立てません。無音のままに、誰にも気付かれずに流れ去ります。たとえば、川の流れが一方向へ流れていると分かるのは、動かない岸辺と見比べることができるからです。でも、昔も今も、時間の流れの只中にいる我々は、動かぬ岸辺から流れる川を見下ろしているわけではありません。此岸も彼岸も見えない広大な川に身をまかせれば、果てしない水の中を浮き沈みし、ただ当てなく漂っているだけだとしか思えないでしょう。

そうなのです。「流れゆく時間」も、見ることはできないのです。

若い頃に夢中になっていたSFの世界では、しばしば時間の流れの外側に抜け出るための道具《ガジェット》として、タイムマシンという「乗り物」が想像／創造されました。映画「バック・トゥ・ザ・フューチャー」に登場するデロリアンなどの自動車や、ドラえもんの「空飛ぶじゅうたん型」のものが有名ですが、その他にもさまざまな「乗り物」がタイムマシンとしての機能を持って描かれています。

仮に、時間の流れの上をモーターボートで行き来するように、タイムマシンに乗ることができれば、時間は流れていると分かるのでしょうか？　自分の目で時間が流れているのを確かめることができるのでしょうか？

そんなことをつらつらと考えていたときに思い出したのが、あの北京で見た光景です。そのとき閃いたのは、マッドサイエンティストでもある全能の神が発明したタイムマシンが、実は、この世界にはすでに存在しているのではないかということです。

わたしたち八〇億もの人類ひとりひとりが、銀輪輝く（自転車型の）タイムマシンに乗って、端の見えないくらい広い広い時間道路の上で、休むことなく毎日毎日ペダルを漕ぎ続けています。だが（人智の及ばぬ深謀によって）神が我々に与え賜うたタイムマシンは、どうやら不完全なのです。

この不完全なタイムマシンは過去へとバックすることはできず、前進して未来へ向かうことしかできません。しかも、つねに決まった速度、すなわち時速1時間のスピードで、一年に三六五日しか進めないんですわ。

二〇二一年八月一二日　　服部　誕

服部誕（はっとりはじめ）

一九五二年、兵庫県芦屋市に生まれる。

詩集
『首飴その他の詩篇』（一九八六・編集工房ノア）
『空を飛ぶ男からきいたという話と十八の詩篇』（一九九二・編集工房ノア）
『おおきな一枚の布』（二〇一六・書肆山田）
『右から二番目のキャベツ』（二〇一七・書肆山田）
『三日月をけずる』（二〇一八・書肆山田／第一四回三好達治賞）
『そこはまだ第四紀砂岩層』（二〇二〇・書肆山田）

現住所　大阪府箕面市桜一丁目十五番三号（〒562-0041）

息の重さあるいはコトバ五態＊著者服部誕＊発行二〇二一年
八月三一日初版第一刷発行＊発行者鈴木一民発行所書肆山田
東京都豊島区南池袋二—八—五—三〇一電話〇三—三九八八
—七四六七＊装幀亜令＊印刷精密印刷ターゲット石塚印刷製
本日進堂製本＊ＩＳＢＮ九七八—四—八六七二五—〇一八—一